ARREST
DE LA COVR
DE PARLEMENT DONNÉ
EN L'AVDIENCE DE LA
Tournelle le premier iour de
Decembre 1601.

En la cause d'entre Iehan Breton & Iehan Bertrand
tuteurs & curateurs des enfants mineurs de defuncts Sebastien Breton & Iehanne Simoni sa femme accusez de
sortilege appellants de la procedure & sentence de bannissement donnée contre ledit Sebastien Breton, & de
mort contre ladite Iehanne Simoni, & de l'execution d'i-
celle, d'vne part. Et les Iuge & Procureur fiscal de
D'inteuille inthimez, d'autre.

En cest arrest est inseré le plaidoyé de Mre Loys Servin
Aduocat du Roy, sur les conclusions duquel a esté defendu à
touts iuges de la Champagne & autres prouinces du ressort
de la Cour, de plus faire d'espreuues par immersion en eau:
& de receuoir aulcuns appellants de iugements donnez sur
crimes de sortilege ou aultres, dont la cognoissance appar-
tient par appel à la Cour, à renoncer à leurs appellations.

A PARIS,

Chez IEAN DE HEVQVEVILLE, Ruë
S. Iacques, à la Paix.

1602.

AVEC PRIVILEGE DV ROY.

Extraict du priuilege du Roy.

PAr grace & priuilege du Roy il est permis à Iean de Heuqucuille d'imprimer ou faire imprimer vendre ou distribuer *les Arrests de la Cour interuenuz sur les Plaidoyez de Messire* LOYS SERVIN *Aduocat general dudit Seigneur Roy en icelle Cour.* Et deffenses faictes à tous Imprimeurs Libraires & aultres de quelque estat, qualité ou condition qu'ils soient d'imprimer ou faire imprimer ny faire exposer en vente lesdicts *Arrests* & Plaidoyez sans le consentement dudict de Heuqucuille, & d'entreprendre sur la copie ne partie d'icelle iusques à dix ans finis & accomplis à compter du iour & datte qu'ils seront acheuez d'imprimer, à peine de touts despens dommages & interests, & d'amende arbitraire, comme plus amplement est porté par les lettres données à Paris le 10. de Nouembre 1601.

Signé par le Conseil, Paulmier.

EXTRAICT DES

REGISTRES DE PARLE-
ment, du Sabmedi premier
Decembre, mil six
cents vn:

EN LA SALLE SAINCT LOYS,

*Président Monsieur le Président
de Verdun.*

ENTRE Iehan Breton
& Iehan Bertrand tuteurs
& curateurs des enfants
mineurs de defunct Seba-
stien Breton & de Iehan-
ne Simoni, appellants de la procedure
extraordinaire faicte par Helion Beauualet exerceant la iurifdiction de la iuftice de Dinteuille, comme ancien practicien, pour l'abfence du iuge en garde ou fon Lieutenant; & de la fentence
donnée fur la requefte faicte par le Procureur fifcal dudit Dinteuille le quin-

A

ziesme Iuin, Mil cinq cets quatre vingts
quatorze : par laquelle auroit esté ordonné qu'icelle Ieanne Simoni seroit
tondue & rasée, & de là conduicte en la
riuiere d'Aulbe pour y estre plongée &
baignée : Et de ce qui a esté faict en exe-
cutant ladicte sentence, ordonnance de
visitation d'icelle Simoni, & procedures
faictes en consequence, & de là sentence de mort du septiesme Iuillet, audit
an quatre vingts quatorze, prononcée
au corps de ladite Simoni apres son trespas, execution faicte d'icelle par dessus
l'appel interiecté par ledit Sebastien le
Breton, soubs pretexte de la renonciation pretenduë par luy faicte à son appel,
ensemble de la clause du iugement portant bannissement contre ledit Sebastien Breton, & condamnation tant contre luy, que contre ladite Simoni és despens des procedures, & en dix escuts d'a-
mende enuers le Sieur de Dinteuille,
confiscation du surplus des biens, & de
tout ce qui sen est ensuiui, d'vne part;
Et Falle Domey iuge dudit lieu de
Dinteuille, le procureur fiscal, & Messire
Ioachim de Dinteuille Cheualier de l'or-
dre du Roy, Sieur dudit lieu, inthimez,
d'aultre.

Apres que l'Allemant, pour les appellants, a conclu en ses appellations à
ce qu'il soit dict, qu'il a esté mal & nullement procedé, iugé, & executé:& que
Pietre pour le Iuge & Procureur fiscal de
Dinteuille, a tendu à follemét inthimé:

S ERVIN, pour le Procureur
general du Roy, a dict, Que
comme le crime de sortilege
est digne de grieue punition,
pour estre les sorciers crimineux de lese
Majesté diuine; il faut aussi en la disqui-
sition d'iceluy prendre garde fort exa-
ctement à la procedure. Et tout ainsi
que le Iurisconsulte Modestin en la loy
famosi, §. *hoc tamen, ff. ad legem Iuliam maie-*
statis, disoit que le crime dont il est traité
en ce tiltre, *à iudicibus non in occasione, ob*
principalis maiestatis venerationem, haben-
dum est, sed in veritate: le mesme se doibt
practiquer aux accusations intentées cô-
tre les sorciers, esquelles le crime ne
doibt estre pris pour subject, soubs pretexte de l'honneur que nous deuons à
Dieu; mais se doibt juger par les formes receuës en la iustice, & approuuées

par les Arrests de la Cour, & par la verité,
Au fait particulier de ceste cause se voit
que le procés a esté faict par Maistre Helion Beauualet exerçant la iurisdiction
de la iustice de Dinteuille, comme an-
ciē practicien, pour l'absence du Iuge en
garde, ou son Lieutenant : lequel à la
requeste de Maistre Iehan Postel procureur fiscal en icelle iustice, a faict vne
information du quatorzieme Iuin mil
cinq cens quatre vingts quatorze, & en
icelle oy quatre tesmoins alencontre
de Sebastien Breton & Iehanne Simoni
deferée par iceluy Postel sans denoncia-
tiō ny plainte d'aulcun particulier, comme pretendus diffamez par bruit commun, entachez de sorcelerie, & suspects
de s'en estre meslez auec autres tant du
lieu de Dinteuille, que des villages cir-
cumuoisins : & les jours ensuiuants a oy
neuf autres tesmoins : apres les deposi-
tions desquels il a interrogé Sebastien le
Breton mis prisonnier de son ordonnance, & apres luy Iehanne Simoni sa
femme aussi prisonniere: lesquels Bretō
& Simoni auroiēt deniez les faicts à eux
imposez : disants, mesmement icelle Simoni, auoir recogneu, & recognoistre

Dieu seul pour maistre : deniants auoir esté ny l'vn ny l'autre, aux pretenduës assemblées & synagogues des sorciers, & ne sçauoir que c'estoit : comme pareillement ils ont respondu n'auoir ensorcelé, ny empoisonné aucunes personnes ny animants, comme l'on vouloit dire qu'ils auoient faict ; maintenants partant que l'on ne pouuoit les arguer de malefice. Finalement le procureur fiscal ayant requis, qu'auant que proceder au recolement & confrontation de tesmoins oys és informations, les accusez mary & femme fussent tonduz, & tout le poil qu'ils auoient sur eux, rasé : ce faict, eux conduits & menez en la riuiere, & en eau de suffisante profondeur, pour y estre iectez, lauez & plongez, selõ qu'iceluy Procureur fiscal disoit estre en ce cas accoustumé, pour esprouuer le sortilege. Sur ce requisitoire faict le quinzieme dudit mois de Iuin quatre vingts quatorze, le Iuge auroit ordonné qu'icelle Iehanne Simoni seroit tonduë & rasée, & de là conduite en la riuiere d'Aulbe, pour y estre plongée & baignée, selon qu'il a dict par sa sentence estre en ce cas requis & accoustumé,

& apres oye ſur le faict de ſon accuſa-
tion partant de la riuiere, ſauf à ordonner par apres ſur la requeſte du procureur fiſcal contre Sebaſtien Breton mary, ce que de raiſon. Suiuant ce, le iugement ayant eſté prononcé à icelle
Iehanne, porte le procés verbal qu'elle
auroit conſenty eſtre raſée & baignée,
qu'à l'inſtant le iuge l'auroit faict con-
duire en ſa preſeuce ſur le bord de la riuiere pres vne foſſe aupres du grand
pont, eſtant aſſiſtée dudit Poſtel procu-
teur fiſcal, de pluſieurs autres, meſme-
ment de Maiſtre Nicolas Rouſſel Curé,
& auſſi en preſence de la plus grád' partie
de Dinteuille & de Siluerouure, où eſtát
ſur le bord, apres qu'icelle Iehanne auroit dict qu'elle eſtoit femme de bien,
non chargée de ſorcelage, & ne ſçachant
que c'eſtoit, apres lecture à elle faicte &
repetition de ſes interrogatoires & reſ-
ponſes, ayant derechef conſenty l'execution de ce iugement interlocutoire,
elle auroit eſté deſpouillée par ordon-
nauce du iuge, lequel luy auroit faict lier
les pieds & mains, & apres iecter en l'eau,
eſtant de hauteur d'enuirõ ſept ou huict
pieds, & ce par trois diuerſes fois, à chacune

cune desquelles le procez porte que si
tost qu'elle auroit esté jectée, elle seroit
reuenue au dessus sans se mouuoir, & à
chacune des fois qu'elle fut retirée, estât
admonestée en presence de tous les as-
sistants, de dire la verité, elle auroit persisté en ses premieres responses & dene-
gations. Porte dauantage le procez verbal, qu'elle disoit estre femme de bien,
sans qu'il soit apparu qu'elle eust beu de
l'eau par la bouche à toutes les fois qu'elle auoit esté jectée en la riuiere. Ce rapport & procez verbal, signé Beauualet
& Postel. Depuis, le Breton mary & ladicte Iehanne Simoni sa femme, ayants
esté derechef interrogez, le juge a ordô-
né le recollement & confrontation, &
auparauant qu'y proceder, derechef in-
terroge icelle Iehanne, laquelle auroit
persisté en ses responses, & fait sa priere
à deux genoux, priant & requerât Dieu
& Iesus Christ son fils, & la glorieuse
vierge Marie, de faire paroistre son innocence, & que ceux qui auoient deposé contre elle au contraire de ce qu'elle
disoit, estoient touts damnez. Ce fait, a-
pres auoir par le Iuge recollé & confron-
té aucuns des tesmoins, il a interpellé

B

l'accusée de declarer si elle estoit marquée comme ceux de sa secte chargez &
soupçonnez de sorcelage : par ordonnance du Iuge a esté dict, qu'elle seroit visitée par deux femmes, & despouillée tou-
te nue, pour voir si elle auoit la marque
que lon dict estre du maistre & supe-
rieur qui preside aux assemblées & synagogues des sorciers, & que la visitation seroit faicte par Valentine vesue de
Felix Gaultier, Iehanne vesue de Tho-
mas Rouys, Catherine femme de Bal-
thazar Pathenay, & Françoise femme de
Iehan Gousselet. Ce qui auroit esté fait.
Et porte de procez verbal qu'il a esté
faict rapport par ces quatre femmes, a-
pres serment par elles presté, auoir veu
& visité icelle Iehanne accusée despouillée de ses vestemets & chemise, & trouué vne petite cicatrice au dessouz de l'espaule gauche sur le corps d'icelle, de la
largueur d'vn sol, quarrée, & en façon
de lozange de verriere : & vn peu plus
bas vne petite tache blanche, ronde, &
entre ses parties honteuses & le conduit
vne autre tache & cicatrice, côme d'vne
playe recousue : laquelle cicatrice l'accusée auroit dict luy auoir esté faicte par

vn bœuf qui l'auroit hurtée de ses cor-
nes dés y auoit long temps, & dés lors
qu'elle estoit petite. Et quant aux aultres
marques au dessouz de l'espaule, que
c'estoit son seing. Sur ce procez ainsi
faict est interuenu iugement du septiesme Iuillet audict an 1594. signé Renord,
Iaquinot, Le grand, Champeau, & Col-
lin, portant condemnation contre icelle
Iehanne Simoni, laquelle a esté declaree
atteinte & conuaincue du crime de sortilege & malefice: & pour reparation d'i-
celuy, condemnée à estre pendue &
estranglée: & ordonné que son corps
seroit bruslé & mis en cendres, qui seroient jectées au vent, condemnée à dix
escuts d'amende enuers le Seigneur de
Dinteuille, & aus despens des procedures pour son chef: le surplus de ses biens
acquis & confisqué à qui il appartiendra.
Et pour le regard de Sebastien le Breton, par la mesme sentence, il a esté ban-
ni de ladicte terre & Seigneurie de Dinteuille, pour le temps de dix ans, auec
defenses de s'y retrouuer, à peine de la
hart: & condamné en six escuts deus tiers
d'amende, & aus despens aussi pour son
chef: le surplus de ses biens aussi confis-

qué, sur touts iceuls prealablement pris
les despens & frais de Iustice. Ce iugement prononcé à la sortie des prisons
audict Sebastien le Breton. Et quant à
icelle Iehanne Simoni sa femme, elle
estoit morte des tourments qui luy a-
uoient esté faicts auparauant: & neantmoins le Iuge n'auroit laissé de faire la
prononciation au corps d'icelle. A l'instant dequoy iceluy Sebastien le Breton
auroit declaré qu'il requeroit qu'icelle
Iehanne sa femme fust visitée: & qu'il se
portoit pour appellant de la sentence.
Et au mesme instat porte l'acte qu'il auroit renoncé à son appel, & ne le vouloit
soustenir, ains acquiesçoit à la sentence,
declarant ne sçauoir signer. Notera la
Cour, s'il luy plaist, qu'au bas de l'acte de
ce iugement, prononciation, appel, renonciation pretendue faicte à iceluy,
acquiescement à la sentence, est porté
que le tout a esté faict es presences de
plusieurs notables personnes tât du lieu
de Dinteuille, que d'ailleurs: mesmes de
maistre Felix Simon Prestre Chappel-
lain de la Chappelle de Dinteuille, maistre Guillaume Voulemer procureur en
la Seigneurie d'Ormay, Edme Gaul-

tier, Edme Hatepin, Nicolas Patenay,
Edme Roger, Antoine Victry, Pierre
Enllard, & Edme du Pré Notaire és
Baillage & Preuosté de la Ferté sur Aulbe, & plusieurs autres. Ce fait, que le
corps de la defunste accusée a esté deli-
uré és mains de l'executeur de la haulte
Iustice au Baillage de Chaulmont, pour
estre mené & conduit au lieu appellé
le Vau d'Iuor, en vn passage commun,
qui conduit de Celles à Chastel-villain,
ayant la corde au col; & ainsi menée au
lieu du supplice, morte qu'elle estoir, &
attachée au posteau y planté à cest effect. Auquel lieu le Iuge dict auoir derechef faict pronõcer sa sentence par François du Poisson son Greffier ordinaire
en la Iustice, presens les susnommez, &
grande multitude de peuple, mesmes du
lieu de Chastel-villain, Ormoy, Siluerouure, Lanci, & autres lieus circumuoi-
sins; & le corps d'icelle Iehanne mis
au feu, bruslé, & reduit en cendres jectées au vent, suiuant le jugement; & le
commandemét faict à Sébastien le Breton de sortir de Dinteuille, reireré. Et
dict la copie de l'acte dont signification a
esté faicte aus appellants, qu'il a esté si-

gné en l'original F. Simon , Guillaume
Voulemer, Edme Roger, P. Eollard , E.
Gaulthier, Antoine Victry , E. du Pré,
Edme Hatepin , Nicolas Pathenay,
Faulle Domay , & I. du Poiſſon , auec
paraphes. Depuis quoy ils ont veu que
le 25. de Decembre 1599. à la requeſte
de Loys Gaultier fermier & admodia-
teur des amendes de Dinteuille , ceſte
ſentence a eſté ſignifiée par Pricur Ser-
gent en la Mairie & juſtice de Dinteuille, à Iehan Breton & Iehan Bertrand,
tuteurs & curateurs des enfans mineurs
d'iceuls Sebaſtien Breton , & Iehanne
Simoni, qui reparants par ceſte ſignifi-
cation le deshonneur & opprobre que
l'on auoit faict ſouffrir aus pere & mere
d'iceuls mineurs, remis deuant leur face,
ſe plaignent aujourd'huy de ceſte voye
nouuelle & eſtrāge, ſeſtants portez pour
appellants de la procedure & ſentence
donnée contre les deffuncts, & de l'execution faicte, cōme la Cour l'a entendu.

　Or en premier lieu ils dient que Seba-
ſtiē Breton & Iehanne Simon ont eſté
accuſez par le procureur fiſcal ſans qu'il y
ait eu denonciateur. Secōdement qu'il y
a nullité en la forme de proceder, en tāt

que le Iuge de Dinteuille a voulu faire
éspreuue par l'eau froide, qui est vne
forme non approuuée par la Cour. *Ter-*
tio, que Sebastien le Breton, mary, ayant
appellé de la sentence, son appel debuoit seruir à Iehanne Simoni sa femme,
pour empescher l'execution du jugement, apres la prononciation, les appellations en telles matieres ayants effect
non seulement deuolutif, & suspensif,
mais extinctif. *Quarto,* que deuant la
prononciation, le decez d'icelle Iehanne
Simoni estant aduenu, le jugement n'auroit peu legitimement estre executé sur
le corps mort, veu qu'il n'y a que le crime de leze Majesté au premier chef,
pour lequel ainsi que lon peut faire le
procez au cadauer en luy creant vn curateur : de mesme les arrests & juge-
ments peuuent estre mis à execution à
l'encontre des condamnez.

A ces objections l'Aduocat du Iuge
intimé & pris à partie, a respondu n'a-
uoir rien faict que ce qu'il a deub, ten-
dant à follement intimé, pour n'auoir
commis aucune chose par dol, fraude,
concussion, *nec per sordes, vel per gratiam.*
Au contraire pour monstrer qu'il est

bien intimé, on luy a soustenu, ensemble au Procureur fiscal, qu'ils ont mal procedé, mal jugé, & mal passé oultre par dessus l'appel, n'ayant peu ne deub receuoir le mary appellant à y renoncer: & moins deub faire executer le jugement contre la femme morte. Et de leur part, eus qui en la qualité de gents du Roy, ayants veu la procedure, doibuent prendre conclusions sur icelle, ils desirent que les officiers intimez rendent raison de ce qu'ils ont faict. Et à ceste fin requierent, qu'ils soient declarez bien intimez, & que la Cour ordonne qu'ils defendront.

La Cour a declaré les officiers de Dinteuille pris à partie bien intimez, ordonne qu'ils defendront.

Apres l'arrest prononcé, Pietre aiant plaidé pour les intimez.

SERVIN, pour le procureur general du Roy, s'est derechef leué, & a dict que sur la premiere nullité objectée aus intimez pour impugner la procedure dont est appel, on peut soustenir qu'ores qu'il n'y ait point eu d'instigateur ne denonciateur en ce procez, l'accusation auroit deub neantmoins estre receuë

tout

tout ainfi qu'il fe faict en crime de lefe
Majefté Royale, n'eftant pas celuy de
Majefté diuine moins public, ne moins
puniffable, mais beaucoup plus, & chacun y debuant eftre admis accufateur en
haine de l'idolatrie des Sorciers, lefquels
non feulement tentent leur Createur,
mais le defauouent & renoncent à Dieu:
Dieu, lequel ayant prononcé fon jugement alencontre d'eux en ces mots:
Tu ne fouffriras viure les malefiques, c'eft à
dire les Sorciers, les fentences des hommes ne doibuent eftre plus doulces que
cefte loy.

Au regard du fecond poinct, il pourroit fembler que le baing & immerfion
en la riuiere ordonnée par les officiers
de Dinteuille eft pareil à l'examen par
l'eau froide qui f'eft faict & practiqué
fouuentefois, ficomme l'on faifoit boire des eaus ameres à la femme accufée
d'adultere par l'ancienne loy recitée au
cinquiefme des Nombres. Et à ce propos on peut alleguer la couftume des
Gaulois-Germains, ou Celtes, lefquels,
par le tefmoignage d'Ariftote au feptief-
me de fes Politiques, enuoyoient baigner leurs enfants en la riuiere, quand ils

C

venoient de naistre. Ce qu'a dit aussi
l'Empereur Iulian escriuant à Maximus, & Theophylacte parlant de la riuiere Celtique, c'est à dire de ce grand
fleuue du Rhin:ce que confirment d'a-
bondant le medecin Galen, l'autheur de
l'Epigrame Grec au premier libure des
Epigrammes addressant aus Iuges: & le
Poete Claudian. A quoy les doctes
hommes de nostre siecle rapportent la
coustume des Rutuliens, que Virgile
descrit auoir esté telle, qu'ils iectoient
les enfants fraichement nais dedans les
ondes, & les exposoient à la gelée. Ce
que faisoient semblablement les Iagy-
res loüez par Valerius Flaccus, & les
Thraces & Cimbres, dont Sidonius A-
pollinaris depeint les mœurs. On pourroit adiouster l'histoire qui est au liure
de George Florent Gregoire Euesque
de Tours, intitulé De la gloire des Mar-
tyrs, chapitre 70. *de quadam muliere, quam*
adulterij accusatam, cum propria confessione
superari non posset, immergi diiudicatam fuisse
testatur historia: Et ce que le mesme autheur rapporte par apres au chapitre 88.
de Jordane fugiente coram muliere facinorosa.
Bref pour soustenir la procedure du Iu-

ge de Dinteuille sur les conclusions du
Procureur fiscal sur ceste espreuue par
l'immersion ou baing en la riuiere, on
pourroit faire aultres allegations, tirant
en exemple les espreuues qui se faisoient
per examen aquæ frigidæ, vel calidæ : dequoy
entre les Grecs a escript *Demetrius Char-*
tophylax Chomatianus, Quæstione π´ς. & de
nostretemps entre noz doctes François,
les sçauants obseruateurs des lois & coustumes remarquables sur les Capitulaires *Caroli Magni & Ludouici Pij :* & sur
les libures des Fiefs traictants *de explora-*
tione qua probatur feudum aliquando per a-
quam frigidam, aliquando per feruidam, inter-
dum per flammam, aut per sortes, siue per Cor-
pus Domini, vel per candens & ardens ferrum,
qui estoit vne espreuue tirée des Grecs,
lesquels nommoient le fer chaud μύδρον,
dont appert en deux notables anciens
Poetes, sçauoir est Callimache pour l'vn,
& Sophocle en l'Antigone pour l'autre,
l'vn desquels a esté cité par l'Aduocat
des inthimez, & auparauant auoit esté
cotté par l'vn des docteurs François qui
ont escript sur le liure *De feudis.* Et telle
estoit l'espreuue qui se faisoit par les officiers de Iustice soubs la seconde race

de noz Roys Charles-magne & son fils,
dont y en a des vestiges au libure des
lois Ecclesiastiques & ciuiles par eus
establies *sub titulo Capitulorum* : dequoy
parlant Hincmarus en son escript pour
Lothaire, dict ainsi: *Hoc examinandus iudi-*
cio conligatus in aquam dimittitur: & aut pur-
gatus statim iudicio arbitrorum absoluitur, aut
vsque ad purgationem conligatus iudicio exa-
minatur. Et cela se faisoit quelquesfois
par aultres espreuues, oultre celle de
l'eau froide & chaulde, *modo campo, modo*
cruce, nimirum per duellum, & per exami-
nationem sanctæ Crucis, ou par l'espreuue
mentionnée in *Concilio Magotiensi, cap.*
24. Et au Penitential Romain, tiltre premier *De homicidio,* chapit, premier, où il
estoit enjoinct à l'homme de condition
seruile accusé de meurtre, de se purger
super duodecim vomeres feruentes. Sur quoy
le docte Antonius Augustinus Archeuesque de Tarracon a marqué *hæc diu*
fuisse obseruata, se seruant à ce propos des
Epistres d'Yuo Euesque de Chartres du
temps des Papes Vrbain & Paschal II.
à sçauoir la 68. à Hildebert Euesque
du Mans, & la 200. *ad Guilielmum militem.*
245. à Iehan Euesque d'Orleans. 250. à

Richard Archeuesque de Rheims, & al-
leguant d'abondant le recueil de Gratian *in decreto, causa. 2. q. 5.* & Burchard *ex
Concilio Salegunstiensi, canone 7. & c. 14.*
Peut aussi conuenir à ce propos ce qui
est recité par frere Prudence de Sandoual au libure qu'il a faict en l'honneur de
la maison de Sandoual nom du Duc de
Lerma, qu'il intitule, La Chronique
d'Alfonse VII. lequel il nomme Empereur d'Hespagne, où entre les loix in-
titulées, *Leyes del Fuero que el Emperador don
Alonso dio a la ciudad de Baeça*, il en cotte
vne memorable qui est aussi rapportée
par Ambroise de Morales au chap. 48.
du libure 11. pour approbation de la forme & vsance practiquée par les Hespagnols, & qui se garde encores aujourd-
huy en la Iustice de leur païs, pour sau-
uer & purger les delicts par le fer ardent.
Tellement que pour conclurre sur ce
poinct, les inthimez peuuent maintenir
que ce qu'ils ont faict ne peut estre nullement argué comme chose faicte *per
imperitiam, cùm Bonum Factum & S. C. pro-
bandum dici possit quod à peritis plurimis ferè
semper & vbique factitatum est*, qui est vne
marque de dogme & tradition Catho-

lique, & cela a esté ainsi tenu de si long
temps, que non seulement en Champagne, où la Seigneurie de Dinteuille est
assise, mais en plusieurs autres prouinces il s'est practiqué maintesfois, sicomme és païs d'Anjou & du Mayne, sur
ce que l'on a dés long temps obserué
que les corps des Sorciers & Sorcieres
estants jectez dedans l'eau, n'alloient
point au fonds, mais surnageoient :
d'où l'on tiroit vn argument que ces
gents là auoient faict paction de ne pouuoir estre noyez en se donnant à ce mauuais, duquel nous prions tous les jours
que Dieu nous deliure.

Quant au troisiesme poinct con-
cernant l'appel formé par Sebastien
Breton, mary, les inthimez dient que
c'est vn appel interjecté par iceluy Breton seul, & qu'il n'a point declaré, au
Iuge, que ce fust pour aultre que pour
luy : & en fin qu'il y a renoncé.

Et quant à ce qui touche la quatriesme pretendue nullité, sur ce que l'on
dict que la mort de la femme dudict le
Breton estant interuenue auparauant
que la sentence luy eust esté prononcée, le jugement ne debuoit estre ex-

ecuté sur le corps mort, l'Aduocat des
inthimez a voulu defendre la prononciation ainsi faicte, & l'execution, par
l'exemple du procez faict au Poëte Dante Florentin lõg temps apres son decés,
disant que ce n'est pas la premiere fois
qu'aucuns ont esté mesmes anathema-
tizés par l'Eglise apres leur trespas. Et
quant à la forme de ceste execution, la
defense que lon y apporte est, qu'ayant
esté ordonnée en presence du mary, il
faut tenir la procedure pour valable,
tout ainsi que seroit vn procez faict auec
vn curateur au corps de la femme, la
qualité de mary n'estant pas moindre
que le nom de curateur. Au fonds les
inthimez ont pensé bien iuger en leur
conscience, tant sur ce que les tesmoins
oys contre les mary & femme condamnez auoient deposé de faicts particuliers, & de bruit commun, comme sur
les marques & cicatrices que les quatre
femmes denommées par le procez verbal ont rapporté auoir trouué en diuers
endroicts du corps de la femme accusée,
que les Iuges ont estimé estre characte-
res imprimez sur le corps d'icelle femme
par le mauuais dæmon, par qui aulcuns

ont escrit auoir esté veu en quelques
procez, que beaucoup d'accusez de sortilege ont esté ainsi marquez: ainsi qu'é-
tre aultres, Iehã des eschelles, du Maine,
iugé par le Preuost de l'hostel, en l'an mil
cinq cents soixante vnze. Ce sont en
somme les moyens qui se peuuent pro-
poser pour la defense des inthimez, aus-
quels la Cour iugera si elle doibt auoir
esgard, apres qu'elle aura entendu les
moyens & repliques des appellants, &
la verité, qui est pour eux au contraire. En premier lieu on remarque vne
nullité qui ne reçoit nulle responce, *nempe*
que par l'ordonnance du Roy Charles
IX. faicte sur la postulation & remon-
strance des estats tenus à Orleans, en
l'an mil cinq cens soixante, verifiée en
Parlement le treziesme de Septembre,
an susdict, article soixante treziesme,
les Procureurs des hautz Iusticiers sont
tenuz comme les substitutz du Procureur general du Roy, de prendre vn
denonciateur :·ce qui se peut recueillir
des motz de l'Article, portant qu'ils le
doiuent nommer s'ils en sont requis,
afin de recours de despens, dommages
& interrests aus accusez. Et neantmoins
on ne

on ne voit pas que le Procureur fiscal
de Dinteuille auparauant que faire proceder à la confection du procez crimi-
nel dont est question , ait eu quelque
particulier instigateur, auquel cas, comme en l'espece de la l. 5. *post legatum.* §.
Aduocatum fisci. D. *de his quæ vt indignis.*
le Iurisconsulte Paul a dict en ces mots :
Aduocatum fisci qui intentionem delatoris
exequitur , in omnibus officij necessitas satis
excusat : il seroit inexcusable, quand n'e-
stant aucunement poussé par vn dela-
teur il se trouuera auoir persecuté de
pauures gents : & ne seroit à presumer
qu'il auroit ce faict estant meu par le
zele de justice, ou de l'vtilité publique,
laquelle requiert que le pays soit purgé
de mauuaises gents. Car bien que la nature d'vn crime public fust telle par le
droict ciuil, voire mesmes par le droict
canon, qu'à chacun du peuple le droict
d'accuser appartinst, comme il est traicté
aux Institutes *De publicis iudicijs* , & se
practiquoit entre les Grecs du temps de
Demosthene : toutefois la regle receuë
en ce Royaume veult ce que mesmes
entre les nations les moins humaines, &
celle, entre aultres, où l'inquisition est la

D

plus rigoureuse pour les poursuites a-
lencontre des accusez d'heresie, où Iehan Bernard Diaz de Luco Euesque de
Calaguna en sa Practique criminele canonique, rapporte y auoir vne constitution *in prouincia Cæsar-Augustana, in titulo De accusationibus, his verbis : Procurator
fisci seu suffraganeum nostrum, nequaquam ad
agendum, seu denunciandum, prætextu officii
sui, contra aliquem admittatur, donec se propo-
sita, seu denunciata credere esse vera, & à se
probari posse firmauerit iuramento.* Ce qui
peut estre bon, non seulement en Hespagne, mais en touts aultres lieux, pour
le regard des substitutz du Procureur
general & Procureurs fiscaux des justi-
ces subalternes des Seigneurs, ainsi que
cest Euesque dict qu'il seroit d'aduis
qu'il se practiquast alendroit des officiers, promoteurs,& fiscaux des Euesques, tant pour l'honneur des subiects,
que pour rendre lesdicts substitutz &
Procureurs fiscaux plus vigilants, & re-
tenir la trop legere promptitude d'aulcuns d'eus, qui souuentefois accusent
temerairement, comme a faict en ce
procez le Procureur du Seigneur de
Dintcuille,& que nous voyons souuent

que font plusieurs aultres, qui n'apportent pas vne telle circumspection comme vn Procureur general & ses collegues au parquet d'vn Parlement, pour lesquels n'a esté faicte l'ordonnance d'Orleans, ains pour lesdictz substitutz, & Procureurs fiscauls, qui seuls ont merité ceste loy, & non ledict Procureur general, Voila donc vne nullité au commencement de la procedure dont l'appel s'offre à iuger.

Le second poinct qu'il faut examiner est la qualité du crime de sortilege, duquel ainsi que la preuue ne se doibt pas rejecter, il ne doibt aussi estre trop facilement presumé contre toutes personnes ; n'estant pas à croire tout ce que l'on en dict ; comme, entre aultres, Gregoire de Tours au libure quatriesme, chap. 29. de l'histoire des François, où il dict *quod quando* C H V N I *in Gallias venire conabantur, cùm aduersus eos Sigibertus Rex cum exercitu dirigeret, habens secum magnàm multitudinem virorum fortium, quo tempore confligere deberent, isti magicis artibus instructi diuersas ei phantasias ostendebant, & eos valde superabant, ita ut fugiente exercitu Sigiberti, ipse inclusus à Chunis teneretur.* Et par-

tant les Iuges ne doibuent condamner
soudainement les accusez de ce crime,
s'il n'y a claire lumiere de malefice & venefice meslé auec des enchantements
des dæmons, superstitions damnables
de la magie & de celle cognoissance, ou
science faulsement nommée des hommes, qui soubs le masque d'vne feincte
religion, par ie ne sçay quelles façons de
sorts, qu'ilz appellent, des Saincts, ou par
l'inspection de quelques escriptures,
promettent les choses à venir : & si les
accusez ne se trouuent chargez d'auoir
trempé *in magnis sceleribus* desquels est faict
mention par les Canonistes, *in can. tua. de
pœnis*. Ce qui n'est pas dict en ce lieu, pour
doubter qu'il n'y ait des Sorciers, dont
il s'en peut recognoistre de beaucoup
de sortes par ce qui est escript au Leuiti-
que 23. Deuteronome 18. & dans le libure de Samuel, & depuis le Christianis-
me, par le passage de sainct Paul, selon
qu'il est expliqué par sainct Hierome en
l'endroit où l'Apostre demandoit aus
Galates qui c'est qui les auoit fascinez.
Et cela se peut aussi recueillir du Concile
tenu du temps de la primitiue Eglise, en
la ville d'Ancyra, au canon 24. sur lequel

Zonaras a remarqué en son interpretation, comme par l'ancienne sanction les
deuins & autres telles gents qui suiuoiét
les coustumes des Gentils & des Grees,
receuoiét les enchanteurs en leurs mai-
sons pour l'inuention des medicaméts,
ou pour la purification estoient chaffez
de l'Eglise par l'espace de cinq ans deuant que pouuoir estre dignes de recep-
uoir les sacreméts diuins, à sçauoir trois
ans à supplier prosternez en terre, &
deus ans apres auec les fideles: au lieu dequoy sainct Basile en son canon 83. les
punit d'vne priuation de Sacreméts par
l'espace de six ans. Ce qui est confirmé
par Balsamo Archeuesque d'Antioche
sur le mesme canon Ancyran, où il cite
le soixante vniesme du sixiesme Synode
tenu *in Trullo* portant la mesme peine
contre les meneurs d'ours & aultres im-
posteurs, qui s'aident de sorts & male-
fices damnables portants la fortune & le
destin: concluant sur ce propos que ceux
doibuent estre condamnez à mesme
peine, qui se fient aus enchanteurs &
enchanteresses & adioustent foy à celles
qui deuinent auec de l'orge. Et certes
ces gents sont aussi abominables que

les Genethliaques nommez *Chartumim*
au 19. d'Exode & au 2. de Daniel, c'est à
dire *malefici & harioli*, tels qu'estoient
les diseurs de bonne-aduenture appellez *Aretalogi* par Suetone en la vie
d'Auguste, & par Vlpian *in l. item apud
Labeonem. §. si quis astrologus, vel aretologus.
D. de iniur.* qui sont toutes especes d'enchanteurs & sorciers, quoy qu'ils vueil-
lent couurir leur doctrine de l'vmbre de
science d'Astrologie iudiciaire, disants
que c'est sagement dominé sur les astres,
& osants escrire qu'il n'y a point de sorciers, & que ce n'est qu'illusion d'hu-
meur phantastique.

Dauantage, se peut iuger comme il y
a des sorciers par la remarque de sainct
Augustin au libure *De spiritu & anima.
cap.* 28. d'où est tiré le canon 12. *Episcopi.*
au Decret de Gratian, *Causa. 26. quæst.* 1.
duquel neantmoins l'inscription est *ex
Concilio Ancyrensi, cap.* 1. comme elle est
aussi dans Burchard Euesque de VVormes au libure dixiesme des Decretz par
luy recueilliz, chapitre premier, com-
mençant *vt Episcopi.* & dedans l'vnzies-
me partie du Ducret d'Yuo Euesque de
Chartres, chap. 30. & en sa Panormie lib.

8.tiltre 6. chap. 6. Et ceste opinion de
sainct Augustin se peut auctoriser par
celle du Pape Damase en ses constitutions faictes au Concile Romain, qui se
trouuent au libure de Michel Thoma-
sius entre les notes de la vie de ce bon
Pape, où vne partie de ce qui est dans le
Decret de Gratian, *dicta causa.26.quæst.5.*
se trouue mot pour mot en vn viel Code
qui est en l'Eglise saincte Marie majeur
intitulé *De vitis sanctorum* apres quelques
poincts traictés *in synodo Romana* : & le
procez de Macedonins & Apollinaris,
qui furent condamnez par ce sainct Pere,est adjousté, *anathematizatos in ea syno-*
do fuisse fuisse maleficijs, superstitionibus, &
incantationibus seruientes. Et ibi etiam facta
mentio est harum mulierum, quæ putabant no-
cturno silentio cum Herodiade & innumera
multitudine fœminarum super bestias equitare
& multa terrarum spatia pertransire. Bref
ces authoritez de sainct Augustin & du
Pape Damase sont confirmées *par vn*
Canon du Concile premier tenu à Orleans par
le mandement d'vn de noz Roys tres-
Chrestiens & tres-glorieux, & par la doctrine de Hincmarus Archeuesque de
Rheims rapportée au dernier canon 33.

quest. 1. du Decret de Gratian sus alle-
gué : où, bien que barbarement toutefois, apertement est faict mention des
sorciers, qui sont appellez en langage du
temps *Sortiarij*. Est pareillement certain,
& non seulement se voit en la loy des
douze Tables , que les sorciers ne peuuent pas seulement respandre leurs ve-
nins sur les hommes, mais aussi sur les
animauls, sur l'air, l'eau, les herbes, les ar-
bres, les bleds, & aultres fruicts de la terre, dequoy plusieurs exemples ont esté
veuz sicomme le Pape Innocent VIII.
a tesmoigne par sa bulle de l'an 1484.
& aultres de son temps : & depuis
ont descouuert que ces malheureus
auoient abusé & seduit plusieurs per-
sones, leur faisants croire qu'ils les pou-
uoient guerir de grieues maladies en
leur donnant des mauls pour les leur
oster. A raison dequoy ils ont esté iugez
execrables par les saincts Decrets ensui-
uant la loy Mosayque : & specialement
par la constitution qui est escripte au
premier libure des Capitulaires des
Roys Charlemagne & Loys le Debon-
naire, chap. 64. *Vbi præcipitur vt nec calcu-*
latores & incantatores, nec tempestarij, id est
immissores

*emmissores tempestatum, vel obligatores fiant,
& vbicunque sint emendentur vel damnentur.*
Et certainement ils ne meritent pas seulement la peine de mort quand ils se
trouuent coulpables, pour la detesta-
tion qui est alencontre d'iceulx dans les
Decrets des Conciles: signament de celuy de Constátinople second; mais pour
auoir esté mesmes en abomination aux
Payens: tesmoin Vlpiã au libure 7. *De of-
ficio Proconsulis. sub titulo De Mathematicis:* duquel Licinius Rufinus cite l'au-
ctorité au tiltre quinziesme des frag-
ments qu'il a recueillis de luy, & de Pa-
pinian, Paul, Gaius, & Modestin, soubz
le tiltre *De Mathematicis & Manicheis*
conferát leurs escripts auec les extraicts
des libures de Moyse: rapporte d'abundant la loy de Maximus, Diocletianus,
& Maximianus Empereurs, tirée du
Code Gregorian adressante à Iulianus
Proconsul d'Afrique alencontre des Ma-
nichées, *de quibus Imperatores audiuisse di-
xerunt eos velut noua inopina prodigia in mun-
dum de Persica aduersaria gente progressa, vel
orta esse, & multa facinora ibi committere.*
Occasion pourquoy ces Princes ordon-
nent par ceste loy, qu'ils seront punis

E

par le dernier supplice du feu, qui est la
pene dont ils estoient dignes & iuste-
ment condamnez à icelle par la permis-
fion de Dieu : d'autant que, comme les
Gnostiques, & tels aultres furieux (dont
les histoires de l'Eglise sont plenes, mesmes les libures d'Epiphanius, & de S. Augustin, qui les condamnent) lesquels par
leurs mauuais deportements deshono-
roient le nom Chrestien, & apportoient
du dommage à la saincte & sacrée religion Catholique, la faisant mespriser
par les estrangers & ennemis d'icelle,
comme auoit faict Manes leur autheur,
que le Roy de Perse fit mourir, & duquel les successeurs, pour euiter le nom
de manie, c'est à dire, de rage, se faisoient
appeller, non Manichæes, mais Manni-
chæes, comme s'ils eussent faict pluuoir
de la Manne celeste, au lieu qu'ils res-
pandoient du venin sortant d'enfer,
d'où, à leur exemple, les sorciers tirants
leur poison, ne peuuent estre par trop
grieuement chastiez : ne meritants pas
moindre punition par les loix des Princes Chrestiens, *imo* plus seuere, si faire se
pouuoit, comme l'Empereur Leon en
sa constitution 65. l'a ordonné : où, apres

qu'il a dict , *Notum esse incantationes effice-*
re, vt qui se illis dedunt, præ Creatore & Domi-
no infaustis dirisque dæmonijs adhæreant: quare
ipsos apostatarum pœnam , & vltimum suppli-
cium sustinere iubet . Mais il ne faut pas
pourtant que la haine de tels & si abominables hommes & femmes, bien que
tres-iuste & publique , porte si auant les
esprits des Iuges , ny des substitutz du
Procureur general , ou des Procureurs
fiscauls, que par vn zele qui ne seroit selon la science , ils se transportent à faire
d'estranges procedures, n'estant pas loisible pour chasser les diables, d'vser d'art
diabolique ; ne pour reprimer la magie,
de faire vne cõtre-magie: (*quia similia si-*
milibus curari non possunt) ce qui seroit neantmoins , si on approuuoit les formes
de proceder practiquées par les officiers
de Dinteuille inthimez, Et ne se peut la
procedure faicte par iceux inthimez defendre par aulcune bonne raison , quoy
que pour la maintenir on allegue ce qui
est escript au libure des Nombres touchant la loy des marits ialous. Car il est
bien vray que quand l'esprit de ialousie
auoit passé sur le mary , & il auoit la pu-
dicité de sa femme suspecte , il luy estoit

E ij

permis de faire espreuue si elle estoit
chaste:& cela se faisoit en la sorte qui est
descripte par les interpretes Hebrieux :
Le mary alloit au consistoire, qui estoit
en sa ville , & disoit qu'il se doubtoit du
mauuais gouuernement de sa femme, à
cause d'vn tel auec qui elle se retiroit :
i'ay tels & tels tesmoins : elle se dict in-
nocente : ie demande qu'elle boiue des
eaus ameres&maudictes, pour enquerir
ce qui en est. Lors les Iuges les enuoi-
oient en Ierusalem au grand consistoire
composé des septante anciens qui e-
stoient au lieu du sanctuaire. Là les Iuges donnoient grand' terreur & eston-
nement à la femme accusee, luy disants
qu'elle ne beust point de ces eaus : que
plusieurs deuant elle auoient transgres-
sé,& grand nombre d'hommes, mesmes
d'excellents, que le malin esprit auoit
surmonté pour les faire tomber en me-
chef. Ils adjoustoient l'exemple de Ie-
hudah & de Thamar , celuy de Ruben
auec la concubine de son pere, & encores celuy d'Ammon & Thamar sa sœur :
ce qu'ils faisoient pour luy persuader
plus facilement de confesser si elle auoit
peché: si elle recognoissoit estre pollue,

elle s'en retournoit sans dot, & estoit se-
parée d'auec son mary ; si elle perseue-
roit & se maintenoit pudique, on la me-
noit au deuant de la porte Orientale du
temple, dont le regard estoit vers le
sainct des saincts, & on la traduisoit d'vn
lieu en aultre, afin de voir si en se lassant
elle feroit confession. Que si elle tenoit
ferme au propos de son innocence, lors
si elle estoit vestue d'habitz blācs on les
luy changeoit pour luy en bailler de
noirs qui ne la paroient nullement : &
apres luy auoir osté touts ses ornemēts,
vne grande multitude de femmes s'as-
sembloit autour d'elle, & entre icelles
elle estoit debout despouillee de linge
& sans voile: puis le Prebstre l'adjuroit,
luy disant : Si tu as decliné de ton debuoir enuers ton mary, que le Seigneur
Dieu te donne en malediction au milieu de ce peuple, & que les eaus ameres
entrent dedans tes entrailles, si que ton
ventre s'enfle: & elle respondoit, Amen.
Puis il escripuoit en vn parchemin pur
le nom de la femme, & les paroles par
lesquelles il la venoit d'adjurer : puis
on luy apportoit vn vaisseau neuf, & a-
uec de la pouldre qu'il racloit sur le paué

E iij

du Tabernacle, il jettoit de l'eau, & y
meſloit de l'abſynthe & aultres choſes
ameres. Ce faict, racloit l'eſcripture du
nom de ceſte femme ſur le parchemin,
tant qu'il n'en reſtaſt aulcune trace : &
apres il la faiſoit boire. Que ſi elle ſe
trouuoit bien, elle retournoit auec ſon
mary, & ſi elle auoit quelque maladie,
elle en eſtoit deliurée, & ſi elle auoit eſté
ſterile, concepuoit par conception, c'eſt
à dire, eſtoit renduë fecunde cóme vne
vigne abundante, & deuenoit groſſe
d'vn enfant maſle. Que ſi auparauant
elle acouchoit auec grand trauail, apres
ceſte eſpreuue elle eſtoit deliurée facilement. Si au contraire elle eſtoit ſouil-
lée, ſoubdain ſa face deuenoit palle, ſes
yeux ſe terniſſoient & ſe rabbaiſſoient,
ſon ventre ſenfloit, ſes cuiſſes tom-
boient, & à la meſme heure (qui eſt vne
merueilleuſe remarque) à l'inſtát qu'elle
mouroit, celuy qui l'auoit polluë par
adultere mouroit auſſi, & luy aduenoit
le ſemblable de touts les accidens adue-
nuz à la femme, l'enflure du ventre, &
les aultres mauls, pour marque du peché qu'elle & ſon paillard auoient penſé tenir couuert. Voila quel eſtoit l'exa-

men ordonné par ceste loy de jalousie,
quand la femme estant en puissance du
mary, s'en estoit diuertie, & auoit adhe-
ré auec vn aultre par compagnie defen-
duë. Mais il ne faut pas tirer ceste loy à
consequence: car elle a duré en la nation
en laquelle Dieu l'auoit establie, & où
l'on a veu des miracles en execution d'i-
celle, qui ne se font point veuz en l'espreuue du bain en la riuiere, telle que
l'ont fait les Officiers de Dinteuille au
procez dont la Cour a entendu le recit.
Verùm, depuis la religion Chrestienne
ceste loy n'a plus esté en vsage non plus
qu'aultres lois escriptes au vieil instru-
ment, qui præscriuoient certaines formes entre les premiers enfants de Dieu,
lesquelles ne se gardét plus auiourd'huy,
mesmement pour ce qui concerne la loy
ceremoniale. Et partant il ne faut s'ar-
rester à cet exemple, ne pareillement à
ce qu'aucuns ont escript, en prenant la
lettre par la chair & non par l'esprit, c'est
à dire, à l'escripture, & non au sens, lesquels sur ce que Dieu auoit examiné celuy qui luy disoit: *igne nos probasti sicut ex-*
aminatur argentum: transiuimus per ignem &
aquam, ont soustenu que les Iuges pou-

uoient examiner de mesme façon les accusez, par le feu materiel, & par l'eau
d'vn fleuue, au lieu que le passage se
doibt entendre de l'espreuue que Dieu
faict par les feuz de tentation, & par les
eaus de tribulation. Mais comme la doctrine de ces interpretes est nouuelle,
on la peut aussi arguer de fauls, & dire a-
lencontre d'eus ce qu'escript S. Paul en
la premiere aux Corinthiens, chap. 3. où,
apres qu'il a parlé des docteurs de l'E-
glise, qui doibuent auoir nostre Seigneur Iesus Christ pour fondement, &
sur iceluy bastir de l'or, qui signifie sa-
pience, & de l'argent, qui est le symbole
d'eloquence, & des pierres precieuses, il
adjouste que si par dessus ilz y mettent
du foin & de la paille, le feu esprouuera
leur ouurage, mais l'ouurier sera sauué
comme par le feu, c'est à dire, comme es-
chappant d'vn incendie. De mesme les
escripts de ces inuenteurs de nouueaus
intellects, & qui prennent les lieus des
sainctes lois & des Prophetes & Apo-
stres auec aultre intelligence que celle
des autheurs & du tout à contre-sens,
comme ilz n'ont pas vn bon genie & ne
peuuent pas viure, aussi ne doibuent ils
auoir

auoir authorité entre les viuants : & ces
Glosateurs sicus mesmes veulēt estre sauuez, quand ils esprouuerōt leurs œuures
per ignem illum quem Christus venit mittere
in terram, ils condemneront eux-mesmes
leur opinion erronée, & en emendant
leur iugemēt n'alleguerōt plus les lois de
Dieu escriptes par Moyse, pour en tirer
des arguments afin de maintenir l'inuention de leurs espreuues par feu & par
eau pour les practiquer és procés non
plus aus criminels, qu'aus ciuils. Et lors
ils trouuerōt que le vray moyen à touts
Iuges de pouuoir iuger nettement en
toutes causes, c'est d'estre sanctifiez par
le feu purgeant de la parole sainctement
espurée, qui les peut rendre nets de tou-
te impureté, & les deliurer de l'erreur où
l'opinion estrange & introduicte par
nouuelle & faulse doctrine de mauuaise
interpretation les auoit miserablement
plongez. Et alors on dira pour eux auec
S. Hilaire, *quod ipsi tanquam per ignem secun-*
dum Apostolum erant salui, cum defæcatis &
perustis vitijs ac erroribus vt argentum ignï-
tum probabiles iudicabuntur. Sed interim il ne
faut point auoir esgard aus enormes in-
terpretations & inductions des saincts

F

paſſages par eus mal entendus , & d'où,
apres leur faute, pluſieurs les enſuiuants
ont penſé que les formes de la purgation, que les Canoniſtes appellent vulgaire, eſtoient anciennes & bonnes. Car
ils ne ſe peuuent non plus defendre par
dire que ceſte forme eſt ancienne, que
l'erreur ſe ſouſtient par ceſt argument :
l'erreur dy-je duquel Arnobius a dict
que l'antiquité eſtoit la mere: *Et ita* ceſte
impure antiquité doibt eſtre iugée auſſi
eſtrange que ſeroit vne mauuaiſe nou-
ueauté. Et pour ceſte raiſon il faut con-
demner toutes telles façons de procedures extraordinaires d'immerſion en
la riuiere & examen par eau froide,
non commandées ny par la loy diuine,
qui ne preſcript point telle inquiſition
contre les malefiques , ny par les lois de
noz Roys, ny par celles de l'Egliſe O-
rientale, ou Occidentale, ne par les ſan-
ctions de la Catholique. Romaine , ou
Gallicane , n'eſtants non plus valables
que la preuue que l'on a faict quelquefois par l'exploration de l'eau chaude, ou
du feu. Car quoy qu'Heliodore au dix-
ieſme de l'hiſtoire Æthiopique ait eſ-
cript de deux ou trois filles Grecques

qu'estants montées sur le foyer de l'espreuue, elles furent trouuées chastes
vierges, comme fut aussi Theagenes &
Chariclea, pour juger sils seroient pro-
pres, le masle pour estre sacrifié au Soleil, & la femelle à la Lune: c'est plustost
vne fable qu'vne histoire : & on sçait
bien ce que l'Eglise a iugé des escripts
de cest Heliodore. Au reste les exemples qui se trouuent en l'antiquité d'aucuns qui se sont sauuez de ce feu, ou ne
sont certains, ou biē ont esté permis par
speciale prouidence de Dieu, qui pourtant n'a tousiours, ny en tout temps
voulu faire des miracles pour ne les rendre communs, & moins croyables par
la frequence. Voire-mais quelqu'vn
pourroit icy rapporter ce que Lycurgue
en son oraison contre Leocrates, disoit,
qu'il y auoit en la Sicile vn canal de feu
ruisselant qui venoit du mont Ætna, &
couloit en vne place par laquelle les enfants passants auec leurs peres qu'ils
portoient sur leurs espaules, se sauuoient
par le milieu de la flamme, laquelle ne
les offensoit aulcunement, la nature du
feu se laissant soy-mesme, & cedant à la
pieté : & que le lieu où cela s'estoit veu

estoit appellé le champ des enfants
P I E V S. Mais le mesme Lycurgue reci-
tãt ce compte, tesmoigne qu'il le croioit
fabuleus, ores que fort conuenable aus
jeunes gents, afin qu'en l'oiant ils appris-
sent ce qui estoit de leur debuoir enuers
les peres. Et partant on ne pourroit inferer de là que l'espreuue de verité és causes
qui se traictét en la Iustice, doibue estre
faicte par le feu. Et quant à celle que l'on
feroit par eau, elle ne seroit pas meil-
leure. Car encores que quelques vns
ayent recerché des raisons pour defendre telles espreuues, mesmes I. Rickius
au libure nagueres publié à Cologne,
qui est inscript, *Defensio compendiosa pro-*
bæ (vt loquuntur) aquæ frigidæ, qua in exa-
minatione maleficarum iudices vtuntur :
Si est-ce que telle procedure ne peut
estre iugée bonne par bons iuges. Ne
peut seruir pour la defendre, ce qui est
rapporté des authoritez d'Aristote, de
l'Empereur Iulian, Theophylacte, Galen, Claudian, & aultres dessus alle-
guez, qui ont parlé des Celtes-Germains
demeurants aus enuirons de la riuiere
du Rhin, qui faisoient baigner leurs
enfants à l'instant de leur naissance : car

cela estoit pour esprouuer s'ils estoient
legitimes ou bastards. En quoy neantmoins l'explication n'est pas si certaine
comme celle de l'aigle, qui esprouue ses
petits aux rayons du soleil. Car ce que
faisoient ces peuples, & les Cimbres, à
leur exemple, estoit plustost pour les ac-
coustumer dés leur premier âge, & les
endurcir au froid. Ce que'l Aristote marque disertement, parlant des Celtes, &
disant que c'est vne coustume des Barbares: & Valerius Flaccus le monstre par
ces mots:

——— *Vbi eam sæuo durauimus amne.*
Progeniem natosque rudes ———

Et de mesme Sidonius descriuant la nege
Celtique en ces termes. *& matris ab aluo*
Infantum molles artus nix Cimbrica durat.
Quant à ce qu'escript Gregoire Euesque
que de Tours de l'eau du fleuue Iordain
fuiante deuant la meschante femme: si
en ce bon temps là, qui estoit le siecle
des miracles, Dieu a permis que ce que
dict Gregoire, soit aduenu, comme ce
que Iosephe & Pline escript du fleuue
Sabbathane, qui couroit six iours du-
rant & au septiesme qui est le iour du re-
pos se desséchoit, ou s'il a esté ainsi rap-

porté par vn qui venant de loing, faisoit
des comptes en France, pour monstrer
qu'il auoit faict vn grand voyage, cela
ne doibt pas induire les Iuges à croire
que l'examen du sortilege se puisse bien
faire par immersion en l'eau, ny que les
corps des accusez, voire crimineus de ce
malefice, surnagent en la riuiere, & ceus
des incoulpables aillent à fonds. Car
qu'eust-on peu dire d'vn François qui
sçauoit bien nager, comme jadis c'e-
stoit le propre de nostre nation ? tesmoin le Poëte en ce beau vers.

Cursu Herulus, iaculis Hunnus, Francusque natatu.
Y auroit il apparence d'inferer vne sus-
picion de sortilege par tel surnagement?
Certainement il n'y en pouuoit non
plus auoir qu'en ce diligent laboureur
& bon pere de famille haut-loué par
Pline en son histoire naturelle, lequel
quand il luy fut improperé qu'il estoit
sorcier, d'autant que ses terres rappor-
toient mieux que celles de ses voisins,
monstra ses bras & ses outils seruants à
l'agriculture pour le soustenement de
son innocence. Et partant il ne faut
venir aus tentations & essais inaccou-
stumez, ou tirez d'vne coustume bar-

bare & abolie , pour recognoistre si
les accusez de forcelage sont coulpables , en les jectant en l'eau. Car il n'y
a point & n'y peut auoir de jugement
certain par l'injection des corps en la
riuiere, fors celuy que descript elegam-
ment Solin au chapitre 5. que la nature
a enseigné la discipline de pudeur auec
telle discretion entre les corps mesmes
des hommes occis, que lors qu'ils se por-
tent dedans les flots desvndes, ceuls des
masles flottent sur le dos, & ceux des femelles penchent sur le deuant. Quant à
l'examen par eau chaulde, ou froide,
emprunté de la vieille barbarie du pa-
ganisme, dont on allegue des exemples
de quelques Poëtes, ce qui en est men-
tionné aus sanctions de quelques Conciles, epistres des Papes, & constitutions
des Rois & Princes , mesmement entre
les lois des Lombards, Frisons, & aultres,
n'a pas esté trouué bon par les François.
Au contraire és Capitulaires de Charlemagne & Loys le Debonnaire, se trouue
discrtement ordonné contre ceste vsance, ou plustost abus, & corruptele, en la
quatriesme addition sur le chap. 183. *Vt*
examen aquæ frigidæ , quod hactenus facie-

bant à Missa omnibus interdicatur ne hacte-
nus fiat. Et ne peut seruir pour remettre
ceste coustume abusiue ce qu'a escript
Hincmarus Archeuesque de Rheims,
pour Lothaire : car il n'a esté practiqué
sinon *malo more.* Et le mesme Hincmarus
sçauant en ce qui estoit du droict tant
ciuil, que canon, apres auoir escript en la
cause de Lothaire en vn aultre libure
qu'il a faict contre Hincmarus Euesque
de Laon, a monstré bien clairement que
tels examens par eau froide ou chaulde,
ne se faisoient plus, sinon sur personnes
de condition seruile, comme il se peut
voir en ce qu'il dict, *eos quod non libera*
conditionis sint, aut cum aqua frigida, aut cum
calida inde ad iudicium exire. En quoy ce
qu'il remarque de l'estat & condition
des personnes est tiré du droict qui
estoit lors. Ce qui se peut iuger par ce
qui est rapporté dans Gratian, *ex Concilio*
Triburiensi, vel in Palæa *c. nobilis causa. 2. q. 5.*
ou plus certainement du veritable cha-
pitre 189. du 5. libure des Capitulaires
de nos Rois, *vbi qui per vim aliquid intra*
regnum rapuerat, sexaginta solidis culpabilis
iudicabatur, si liber esset : aut cum duodecim
testibus se purgabat: si verò seruus, capitali cri-
                                                        mini

mini subiacebat : & estoit esprouué par
l'exploration furieuse de l'eau froide, ou
feruente, dont se faisoit vne consecra-
tion, de laquelle la formule est recitée
par I. Auentin en son 4. libure : conse-
cration execrable & diabolique, par la
sanctificatiõ de l'eau, & par le feu, pour
monstrer la charge, ou l'innocence de
l'accusé. Ce qui, par la loy Lombarde,
libure premier, tiltre 10. & par celle des
Frisons, tiltre 3. estoit ainsi ordonné, *vt si*
res grandis erat, iudex seruum ad iudicium Dei
in aqua feruenti examinaret. Mais aujour-
d'huy nous ne faisons point ces distin-
ctions, & tous subiects du Roy sont ega-
lement en la protection de la Iustice, &
ont leur chef libre, n'y ayant plus de ser-
uitudes personnelles en France, comme
elles estoient souz les premiere & seconde race des Roys. Et pour ceste cause il
vault mieux condamner les procedures
qui se font par ceste forme de purgation
vulgaire, que les approuuer : & est plus
expedient, comme plus humain, de sui-
ure l'aduis du Pape rapporté par Gratian
au c. *Mennam:* comme tiré du libure XI.
des Epistres de Gregoire premier à la
Royne Brunichilde, au verset *purgatio-*

G

nem, qui neatmoins n'est pas de ce sainct
Pape, non pour la doubte qu'y faict la
Glose, si sa sainctetè eust deleguè vn af-
faire spirituel à vne personne laie, mesmement à vne femme : mais d'autant
qu'à la verité ce verset *purgationem*, & ce
qui ensuit, iusques à ces mots, *Apostolica*
auctoritate prohibemus firmissimè, est vn res-
cript du Pape Alexandre II. à Rainald
Euesque de Cumes transposé par Gratian, ou par ceux qui ont transcript son
recueil, & mis au bas de l'Epistre de sainct
Gregoire, au lieu qu'il faict partie du *c.*
super causa Guillandi Presbyteri Cumani.
qui est le *c. XI. dicta causa. 2. q. 5.* où il
estoit question de descouurir qui estoit
l'autheur de l'homicide commis en la
personne de l'Euesque predecesseur dudict Rainald.   Pourquoy faire le sainct
Pere Alexandre mande à iceluy Rainald successeur en l'Euesché qu'il luy
commet, la purgation de Guilland son
Prebstre souspçoné & diffamé de meurtre, luy defendant de practiquer la forme de purgation vulgaire, & ce ferme-
ment par auctoritè Apostolique, qui
sont termes dont les Papes parlent en
Italie: lesquels monstrent biè que ce res-

cript a esté adressé vn Euesque d'aultre
païs que de France, & qu'il n'est pas de
l'Epistre dont est pris le c. *Mennam.* addressant à la Royne de France : de sorte
qu'il ne demeure plus de lieu d'admira-
tion telle que l'a voulu faire le Glosa-
teur, Mais de quelque Pape qu'il soit, les
mots contenus en iceluy sont notables
tels qui s'ensuiuent : *Vulgarem denique ac*
nulla canonica sanctione fulcitam legem fer-
uentis scilicet aquæ, siue frigidæ, ignitique ferri
contactum, aut cuiuslibet popularis inuentionis
(quia fabricante hæc sunt omnino facta inui-
dia) nec ipsum exhibere, nec aliquo modo te vo-
lumus postulare, imò Apostolica auctoritate
prohibemus firmißimè. Qui sont termes nó-
tables, & qui monstrent que ceste pretendue loy de l'eau chaulde ou froide,
n'est establie par aulcune constitution
canonique. Et bien qu'en quelques païs,
selon les diuerses formes de viure il y ait
eu diuersité de procedures, si ne peut on
dire que ce soit vne forme receuë par
tout, ny tousiours, ny par touts, mais
plustost vn erreur public & populaire si
comme la loy du duel, qui vulgairement
s'appelloit *Campus* és Capitulaires de
Charlemagne libure troisiesme, chap.

46. Occasion pourquoy le Pape Nicolas
I. en l'Epistre qu'il a escript à Lothaire,
ou à Charles son oncle paternel, qui se
trouue à Rome au Monastere des freres
de S. Dominic, de laquelle Gratian a tiré
le c. 22. *monomachiam. 2. q. 5,* recite que
Lothaire ayant voulu sçauoir si sa femme Teuperga, ou Tietberga comme
l'appelle Rhegino, auoit commis adultere, voulut faire battre deux hommes
en duel, en sorte que si le champion qui
tiendroit le party d'icelle estoit vaincu,
ou cedoit, & se rendoit, elle fust declarée
atteinte & conuaincue. Ce que le Pape
reprend aigrement, & dict que ce n'e-
stoit pas vne legitime façon de prouuer
les crimes (encores qu'elle se trouuast
dans les constitutions capitulaires des
Roys de France, & aus lois des Lombards) mais plustost que ce n'estoit aultre chose que tenter Dieu. A propos dequoy Burchard obserue que l'on choi-
sissoit deux hommes pour s'entrebattre,
& hi litem duello dirimebant, & celuy per-
doit la cause, duquel le champion tum-
boit, ou mouroit, qui estoit vne mer-
ueilleuse tentation & espreuue fort ha-
zardeuse, nõ approuuée par touts Roys,

mesmement du regne de S. Loys, qui
donnoit du temps à ceux qui deman-
doient le combat, pour se refroidir, deuant que venir aus mains: Et c'est ce que
l'õ appelle en nos vieus libures *La quaran-*
teine de S. Loys. Vray est que ceste espreuue
sest faicte par quelque temps, le duel
ayant esté permis en la cause où la preuue de mort estoit requise, en laquelle
sagissoit d'vn faict commis à cachete, ou
en trahison, dont la preuue ne se pouuoit faire suffisamment par tesmoins &
autrement que par le combat, & quand
il y auoit des indices, & presumptions
vray-semblables, pour lesquelles celuy
estoit suspect lequel on appelloit au
combat : & quand il apparoissoit eui-
demment & ne se pouuoit denier que le
faict proposé ne fust aduenu, mais on ne
sçauoit par qui, ny comment: ainsi qu'il
a esté declaré par l'ordonnance du Roy
Philippe le Bel faicte à Paris le mercredy
apres la Trinité l'an mil trois cents six:
ordonnance qui n'est approbatiue des
duelz, mais faicte par tolerance, & auec
clauses restrictiues, pour ne laisser battre les hommes legerement, & n'exposer à la main armée ce qui doibt (ainsi

qu'a fort bien dict Caſſiodore) eſtre
vuidé par main de Iuſtice. Il eſt vray auſſi
que ceſte eſpreuue par le champ & duel
a eſté permiſe en cas de ſuſpicion du crime d'adultere par les Arreſts de la Cour
mentionnez en la queſtion *Ioannis Galli*
76. en la 77. & en la 85. où il recite le
combat de Iacques le Gris & de Iehan
Carrouge faict en l'an 1386. Mais depuis
ce temps il n'y en a eu que fort peu de
ſemblables, la Cour ne voulant ſ'accou-
ſtumer à authoriſer l'effuſion du ſang :
par ſes derniers Arreſts aiant bien
monſtré combien elle a tels combats en
horreur & deteſtation, pour les grands
mauls qui en viennent, leſquels en peu
de jours, & ſur petites & legeres cauſes
ont faict perdre plus de François valeu-
reus qu'il n'en ſeroit tué en trois batail-
les contre l'ennemy eſtranger. Et par là
ſe void que toutes eſpreuues de valeur,
& de bonne ou mauuaiſe cauſe, ou afin
de deſcouurir vn crime caché par telles
voyes de tentation & offenſe qui ſe faict
à Dieu, ſont à reprouuer, comme celle
de l'examination de la Croix, de laquelle
mention eſt faicte au premier des Capitulaires de France, chap. 108. & au troi-

siesme chap. 46. & au canon 17. du Synode assemblé à Vermene. Car tel examen est vne vraye sorcelerie, & en mespris de la Croix, qui nous represente
par vn venerable ressouuenir la passion
du corps precieux de nostre Seigneur,
mespris aussi execrable comme estoit
celuy des impies, qui contre la constitution des Empereurs Theodose & Valé-
tinian escripte en l'an de salut 427. à Eu-
doxius leur PP. c'est à dire, le chef de
leur Iustice (tel qu'est le Chancellier en
France) engrauoient ou peignoient la
Croix en terre si que les passants mar-
choient dessus : en quoy ils estoient pu-
nissables comme contempteurs non
seulement de la figure de nostre Sau-
ueur crucifié, mais aussi bien chastiables
que ceux qui contre la prohibition de
l'Empereur Leo en la loy *Decernimus.* 26.
C. *de Episcopis & Clericis,* rapportée au premier libure des Basiliques, tiltre *Des Re-*
liques des saincts, & du venerable signe de la
passion du Crucifix, portoient la Croix, ou
vn Reliquaire sacré, en lieu public, ou
en l'endroit où les jeux & spectacles se
faisoient pour l'esbatement du peuple :
qui estoit vn mespris & contemnement

tresdamnable : A cause dequoy par la
loy *sancimus. Tit. Qualiter quis se defendere
debeat. lib. 2. legum Longobardorum, sancitum
est, vt nullus deinceps quamlibet examinatio-
nem Crucis facere præsumat, ne Christi passio,
quæ glorificata est, cuiuslibet temeritate con-
temptui habeatur :* Et ceuls qui contreue-
noient à ceste loy estoient seuerement
punis, afin d'enseigner aus hommes de
n'abuser point des choses sainctes, ou
que Dieu a creées à certain vsage pour
sen ayder à vn aultre, comme il a esté
faict abusiuement par ceux qui s'assem-
blerent au Concile que Gratian a nommé *Guarmaciense, pro Vvormaciensi*, où
pour descouurir les frequents larrecins
qui se commettoient aus monasteres, au
canõ 15. les Moines ayãs assisté aus Mes-
ses celebrées par l'Abbé, en leur baillant
la communication du corps de nostre
Seigneur, on leur disoit: *Corpus Domini sit
tibi hodie ad probationem.* Ce qui est tesmoi-
gné en semblables termes par Burchard
Euesque du lieu où a esté faicte la con-
gregation de ce Concile. En quoy il appert combien est veritable ce que disoit
Gregoire de Nazianze en l'Eglise Grec-
que touchant les Conciles particuliers
des

des Euesques de quelques prouinces,
qui produisoient des erreurs & heresies.
Et pourtant ce Canon de Vvormes fut
iugé mauuais, non tant seulement pour
ce que l'Eucharistie ne doibt estre bail-
lée à personnes suspectes, comme les
Canonistes ont marqué sur la constitution que l'on dict estre du Pape Cle-
ment, recitée au c. *tribus gradibus. De con-*
secratione, dist. 2. &¹ au c. *dilecti. extra. De*
purgatione vulgari, qui est vne Decretale
du Pape Honoré III. sur la plainte des
nouueaux Chrestiens baptizez en Li-
uonie contre les freres Templiers, qui
faisoient les espreunes par le fer chaud:
mais pour vne aultre raison, & qui est la
principale, touchée par le docte Iurisconsulte François Maistre Charles du
Molin, sur le Decret de Gratian, au c.
sæpe contingit. xx. dict a causa 2. q. 5. ex dicto
Concilio Guarmacienst, dicens hac Concilium
non solum erroneum, sed hæreticum, vtpote iu-
bens sacramenta ad alium vsum, imò ad con-
trarium quàm à Christo sunt instituta : quod
non est faciendum, secundum omnes Theolo-
gos. Si que l'on peut dire que ceuls qui
faisoient telles institutions nouuelles
estoient de vrays Ante-Christs, *& qui*

H

rerum vsum & (vt Saluianus in hæreticos sui
sæculi scribens, rectè dicebat) virtutem sacra-
mentorum amiserant. Sed hæc (vt rectè ait
Antonius Augustinus Archiepiscopus Tarra-
raconensis ob doctrinam laudandus) omnia
sunt illorum temporum sordibus adscribenda:
& illud maximè quod in illo Concilio Vuor-
,, *maciensi ita legitur: Et sic in vltima Missa*
,, *celebratione pro expurgatione sua corpus &*
,, *sanguinem Domini nostri Iesu Christi perci-*
,, *piant, quatenus inde innocentes esse osten-*
dant. Ce qui ne vault pas mieuls que ce
que lon faisoit du temps de noz bons
Roys Charlemagne & son fils, & qui par
le 55. chap. du 3. libure des Capitulaires,
& par le 80. du cinquiesme fut defendu
aus Prebstres, sçauoir est de donner le
sainct Chresme non seulement (comme
aulcuns l'auoient baillé en ce temps là)
afin de subuertir le iugement, ou par
malefice, mais non pas mesmes soubs
pretexte de medecine. Car il n'est permis d'vser des choses sainctes en aultre
maniere, que selon la forme de l'institu-
tion diuine. Et, pour finir ce propos, il
ne faut faire procedures par espreuues d'immersion en eau froide ou chaude és procez qui se font alencontre des

forciers, non plus qu'és causes de larrecin, esquelles nous voyons que le sort
estoit prohibé : tesmoin ce qui est rapporté au cinquiesme des Decretales
de Gregoire ix. Pape, t. 1. *De sortilegijs,*
pris du Penitential de Theodore, & ce
que le Pape Alexandre II. dont vn res-
cript notable a esté cy dessus cotté,
mande *Patriarchæ Grandensi* au chapitre
2. *eod. tit. De sortileg.* qu'il improuue la
procedure du Prebstre qui faisoit inquisition du larrecin par l'inspection de
l'Astrolabe. Et si on vouloit dire que
quelquefois on a descouuert des larrons
par les deuins, ce n'est pas à dire que ce
soit vne façon licite de s'enquerir, ains
plustot quand cela aduient, il le faut
prendre de la façon comme S. Paul a
remarqué au 2. chap. de la 2. aus Thes-
saloniciens, qu'il y a des hommes aus-
quels Dieu a envoyé l'efficace d'erreur,
afin qu'ils croyent au mensonge. Que
si quelques nations practiquent aujour-
d'huy les lois barbares & vsances au-
ctorisées par erreur, comme font les
Hespagnols : qu'ils gardēt entre euls ainsi qu'ils voudront ce que leur Prince *Fla-*
uius gloriosus Egiga Rex Toleti, ou Vvittiza

a ordonné en sa constitution, *Quomodo iudex per examen aquæ feruentis causam perqui-
rat*, au troisiesme libure de la loy des
Vvisigots, Tit. 1. c.3. & ce que rapporte leur Sandoual de la loy d'Alfonse
VII. Roy de Castille. Mais en France
telles lois ne se doibuent alleguer pour
nous regler par icelles: bien pour monstrer qu'elles sont mauuaises, & ne peuuent non plus valoir que la traduction
des enfants, qui se faisoit par le feu,
dont l'escripture saincte blasme l'abus
aussi bien que Theodoret sur le libure
des Rois en l'endroit qui parle du peché d'Achaz, & de ceuls qui consacroiét
leurs fils & filles par le feu, qui estoit
vne espece ἀποθομασμȣ, c'est à dire
de purgation & expiation, ou plustot,
pour parler auec vn ancien Theolo-
gien, impiation & souillure, qu'il faut
attribuer aus sales & ordes inuentions
du malin esprit, par lequel entre les autres inuentions, icelui Theodoret remarque les feus que l'on allume és vil-
les à certain iour de l'année, sur lesquels
on voit saulter & passer les hommes
grands & petits, & les meres portet
leurs enfants par le milieu de la flam-

me. Ces responses sont suffisantes pour
monstrer comme la procedure de l'immersion de Iehanne Simoni accusée,
faicte par ordonnance du Iuge dont
est appel, est nulle & insoustenable : &
est facile maintenant de vuider la cause
sur ce poinct & de faire vne reigle pour
l'aduenir, afin qu'il soit obuié à l'incõue-
niét, qui est double, à sçauoir pour le dã-
ger que la persõne qui seroit esprouuée
par ceste immersiõ & bain en la riuiere ne
fust precipitée à la mort, soit en se noyãt,
si elle enfonce, & on prend qu'aller au
fonds est vne marque d'innocence : soit
que pour n'estre allée au fonds on la
presumast coulpable. Reste le troisie-
me poinct sur ce que les appellants sou-
stiennent qu'à la prononciation de la
sentence, y ayant eu appel par Sebastien le Breton, le Iuge de Dinteuille
auroit deub deferer à iceluy. Pour ce
regard il est vray qu'apres l'appel le Iuge n'a deub passer oultre soubs vmbre
que le crime est enorme. Car il n'est
de ceux dont les Iuges Presidiauls peus-
sent iuger en dernier ressort : beaucoup
moins les iuges officiers des Seigneurs
hauts iusticiers subiects du Roy. Et cela

a esté iugé en cas semblable en vne cause du Mans, où luy qui parle maintenant pour le Roy & pour le public, plai-
dant lors comme Aduocat de la vefue
de Gaultier Apothicaire du Mans, accufée & iugée pour pretendu venefice,
il fut dict que les Prefidiauls du Mans
n'auoient deub faire executer leur iugement apres l'appel formé par le pere du condamné, veu que quand vn
eftranger *tralatitia humanitate* auroit appellé, le Iuge euft eu les mains liées par
la doctrine des Payens mefmes, laquelle nous voyons dans les Pandectes du
Droict Romain ; au tiltre *De appellatio-*
nibus. Eftant notable à ce propos ce que
nous apprenons par ce Droict, que la
pauureté eft excufée en iuftice, en l'ef-
pece de la loy, *Si procuratorem. §. quod &*
ad cautionem. D. Mandati, où le Iurifcon-
fulte Vlpian, *ex refcripto Diuorum fratrum*
Catullo Iuliano, parlât de ceuls qui auoiêt
obmis le secours de l'appel, dict que *fi*
ignorauerunt, excufata ignorantia eft : fi fci-
uerint, incumbebat eis neceffitas prouocandi.
Cæterum (inquit) dolo verfati funt fi non pro-
uocauerunt : quid tamen fi paupertas eis non
permifit ? excufata eft eorum inopia. Ce qu'e-

stant veritable, à plus forte raison quãd
il y a eu vn appel, les Iuges y doibuent
deferer. Et pour ceste raison les Presidiauls du Mans ayants esté pris à partie,
furent declarez bien inthimez, & defenses à eux de plus faire telles procedures.
Quant à ce que lon dict que l'appellant
a renoncé à son appel à l'instãt qu'il l'auroit interjecté, telle renonciation ne debuoit estre receuë, le droict estant acquis à l'accusé d'estre iugé par les Iuges
d'appel, c'est à dire en ceste Cour, où la
prouocation est comme elle estoit jadis
à Rome, *velut arx libertatis & tribunal*
Cæsaris, où l'Apostre prouoqua; nul ne
pouuant se departir du benefice de prouocation apres mesmes qu'il en a vsé:
d'autant que l'homme n'est pas maistre
de ses membres, & vn seul ne l'a esté
entre les fils des hommes : cela estant
particulier au fils de Dieu, *qui posait ani-*
mam suam pro alijs : quod ei vni competebat;
ce que si aulcuns entreprenoient, ils seroient crimineus de læse Majesté diuine. Et sur ces considerations represen-
tées par luy qui plaide en ceste Chãbre
est interuenu vn Arrest celebre en vne
cause de Molard pauure cordonnier de

Chasteaudun condamné à la question
& torture, dont il auoit appellé, & depuis renoncé : & fut dict que le Bailly
de Dunois auoit mal procedé en faisant
executer sa sentence déuát que la Cour
eust dict par son Arrest si mal auoit esté
appellé. Au reste il y a eu manque de
formalité, en ce que le Iuge, s'il pensoit
pouuoir prononcer le iugemét à la femme accusée, & condamnée ores que la
mort d'icelle fust suruenuë auparauant
la prononciation, debuoit creer vn curateur au corps mort ; & s'il en falloit vn,
il debuoit en ordonner vn aultre que le
mary, tant pour l'horreur que tel acte
apporte à vne personne si proche, comme pourautant que par la raison du
droct Romain, *Maritus etsi vxori debeat*
affectionem, tamen rebus eius curator creari
non poterat, par la constitution de l'Empereur Alexandre *in l. maritus. C. qui dare*
tutores vel curatores possunt : multo minus ca-
daueri defuncta vxoris. Que si le Iuge de
Dinteuille à malfait en ayant esgard à la
renonciation que son acte porte auoir
esté faicte par l'appellant, il a encore pis
faict en l'execution. Et c'est la quatrie-
me nullité, voire barbarie dont il a vsé à
l'endroit

l'endroit du corps de la femme accusée
contre laquelle n'y auoit pas lieu de faire ce que les historiens dient auoir esté
practiqué sur le corps de Mago Cartha-
ginois, qui fut crucifié apres la mort.
Car cela estoit pour vn crime semblable
à celuy de lese Majesté. De dire que les
sorciers sont coulpables de crime de
Majesté diuine, & de contre-saincteté,
qui est la καθοσίωσις des Grecz : bien
que cela fust, les loix n'ont passé à le pu-
nir apres la mort. Et ce que l'Aduocat
des inthimez a mis en auant de l'exemple du iugemēt Pontifical contre le Poëte Dante, ne debuoit pas estre dict en
ce lieu. Car on sçait pourquoy ce perso-
nage fut anathematizé apres sa mort, &
le proces faict à ses os : c'est pour auoir
escript ce qu'il pensoit touchant les pre-
rogatiues de la souueraine dignité des
Empereurs & Rois contre les vsurpa-
tions d'aulcuns Ecclesiastiques. Mais il
faut que ceux qui citent les authoritez de tels iugements, sçachent que telles sentences *sunt fatua iudicia,* si comme
disoit le Roy Philippe le Bel à celuy qui
vouloit debattre sa souueraineté au temporel; estant l'opinion de ceuls qui veu-

I

lent dire que le Roy doibt recognoiſtre
quelque ſuperieur au temporel , vne
pure fatuité. Au ſurplus c'eſt choſe de
mauuais exéple de permettre aus hommes d'exercer la ſeuerité ſur les morts,&
à quoy tant les Pontifes, que les Princes
du móde doibuent bien prédre garde:y
ayant grand intereſt que ces maximes
priſes des exemples de cruauté ſur les
morts , n'ayent point de lieu. Car quelquesfois vn ennemy venant à ſucceder
en la Chaire de S. Pierre à celui qui luy
auoit faict quelque deſplaiſir, a mis la
Chreſtienté en combuſtion, comme il
ſe peut voir par ce qui eſt marqué au Cō-
cile de Rauenne ſoubs le Pape Iehan
IX. Can. 1. 2. & 7. où les Peres abdi-
quent & condamnent ce que l'on auoit
faict en vn Synode precedēt tenu à Rome du temps d'Eſtienne ſixieme , où le
venerable corps du Pape Formoſus auoit
eſté deterré, porté en iugement,& condamné. Ce que les Peres aſſemblez à
Rauéne ont dict n'auoir onques eſté oy
auparauant,& par le iugement du ſainct
Eſprit faict injunction de bruſler touts
les actes de ceſte procedure,comme celle qui auoit eſté faicte à Conſtantinople

alencontre du Pape Nicolas premier,
qui fut iectée au feu, & defenses d'en faire iamais de semblables. Et à la verité
tels actes sont indignes & barbares. &
n'est pas loisible de faire le procez aux
morts, sinon és cas de droict: comme
en vn qui est exprimé au vi. libure des
Capitulaires de Charlemagne c. 289. *vt*
capitale supplicium excipiat qui violentiam
commisisse dignoscetur. vbi Rex ita loquitur:
Placuit vt si forté quis vel ex possidentis par-
te, vel ex eius qui possessionem temerare ten-
tauerit, interemptus sit, in eum supplicium
exerceri qui vim facere tentauerit, & alteru-
tri parti causam malorum præbuerit. Mais
hors les cas esquels y a loy precise, comme en crime de Majesté, de sedition, ou
d'homicide de soymesme: il est nouueau
de faire ce qui a esté faict par les Officiers de la iustice de Dinteuille, lesquels
ne peuuent s'excuser sur ce qu'ils ont
faict plaider y auoir charge au fonds cô-
tre les accusez. Car il y a bien quelques
tesmoins qui parlent du bruit commun,
mais ce n'est assez. Car encores que l'on
ait dict, *Populi vocem oraculi vicem habere:*
toutefois le bruit ne vient pas touſiours
de la verité, mais peut aussi venir de la
I ij

calomnie. Quant à la marque & cicatrices que les inthimez ont dict, par leur
procez verbal, auoir esté trouuée sur diuers endroits du corps de la femme accusée, apres qu'elle a esté despouillée &
rasée, bien que l'Autheur du libure intitulé, *Malleus maleficarum*, & aultres tant
deuant que depuis, ayent obserué qu'il
y a eu de la preuue en quelques procez,
apres auoir faict raser le poil de tout le
corps aus accusées: & que comme en les
deuest ât on empeschoit l'effect de quelques allegations superstitieuses qui pou-
uoient estre aus vestements, de mesmes
on les contraignoit de descouurir la verité, en leur ostant le poil, notamment
és lieus secrets, qui ne se doibuent pas
nommer: si est-ce que de là on ne peut
pas faire vne induction certaine pour le
iugement du procez. Et ceste experien-
ce reçoit beaucoup de doubtes tout ainsi que celle qu'aucuns ont voulu establir
par l'eradication du Chresme au front.
Car, comme Binsfeldius ne l'a approuuée, l'impression de la pretenduë marque n'est pas plus approuuable, d'autant
qu'il y en a qui sont sorciers, & neant-

moins ne sont marquez. Mais comme
nos François ont obserué, les Princi-
pauls mesmes n'ont point de note de
leur maistre : voire à aucuns il l'efface,
ou quand il ne l'oste pas, ce qu'il relaisse
est pour entretenir l'opinion supersti-
tieuse des Iuges, & donner occasion par
ce moyen à la punition de quelque innocent, comme cest esprit inhumain ne
demande rien plus que la perte & effu-
sion du sang des hommes. Bref, quoy
qu'il en soit porté en quelques procez,
comme au iugemét donné en Auignon
recité par Sebastié Michaëlis en sa Pneu-
malogie, & en ce qu'ont remarqué Peu-
cer & aultres Obseruateurs des abus de
la Pyromantie & Hydromantie, il est
malaisé de recognoistre ces pretendues
marques du diable plus qu'vne bubere,
ou vn clou, ou aultre tache, pour la diuersité des endroits où lon dict qu'il sen
est trouué aus masles d'vne façon, aus
femelles d'vne aultre. Ioinct qu'il y a
quelquefois des hommes ou femmes
qui se marquent eus mesmes pour im-
poser au monde, comme l'on a escript
d'vne religieuse de Portugal, qui sestoit

elle mesme stigmatisée, pour faire croire qu'elle estoit marquée aus pieds &
mains, comme l'on rapporte qu'aultres
ont esté à l'exemple des playes du vray
Crucifix: Et que S. Paul a escript parlant
de soy en l'Epistre aus Galates, & disant
qu'il portoit en son corps les flestrissures
du Seigneur Iesus: *Ego (inquiens) stigmata
Domini Iesu in corpore meo porto.*   Au de-
meurant, la façon de telles procedures
est de telle consequence, que sur ces pretendues marques, il est aduenu du mal
és enuirons de Ribemont, de Rocroy,
& aultres lieus és confins de Picardie &
de Champagne, tel, qu'aucuns comman-
dants en place forte, & tyrannisants le
pauure peuple, ont faict croire par l'or-
gane d'vn bourreau, que ceuls desquels
ils vouloient tirer argent estoient sorciers. Surquoy eus, qui, comme gents
du Roy, doibuent tenir la main à ce que
les pauures subiects ne soient opprimez
par telle tyrannie, ont dernieremēt proposé à la Chambre ce qu'ils ont pensé
estre de l'office public: à quoy la Cour
a pouruecu. Ores, pour conclusion, ce
qu'ils ont à requerir, eus qui doibuent
procurer pour le salut des subiects du

Roy, & pour la vraye & bonne regle de
la iustice, estimét debuoir adherer, comme ils adherent, auec les appellants, à
ce qu'il soit dict qu'il a esté en tout& par
tout mal procedé, mal iugé, mal executé par les Officiers de Dinteuille, &
que toutes les procedures dont est
appel serôt rayées des Registres du Gref-
fe de la iustice de Dinteuille, à ce qu'il
n'en soit à l'aduenir aulcune memoire:
& au surplus afin que le public soit satis-
faict pour son interest, oultre ce qu'il
plaira à la Cour ordonner pour celuy des
appellants, qui sont fondez en iuste dou-
leur à cause du tourmét faict aus defúcts,
& à eus apres, Requierent que defenses
soient faictes tant aus inthimez Iuges
de Dinteuille, qu'à touts Iuges de la Chã-
pagne, & aultres prouinces de ce ressort,
de plus faire d'espreuues en eau de riuiere, ny aultre, soit froide, ou chaude; Et
oultre, inhibitions & defenses ausdicts
Iuges de Dinteuille, & à touts aultres, de
receuoir aulcuns appellants de Iugements donnez pour crimes de sortilege, & aultres dont la cognoissance ap-
partient à la Cour, à renoncer à leurs appellations, à peine de priuation de leurs

offices, & de punition corporelle : & où
les condamnez viendroient à deceder
auparauant la prononciation, qu'il soit
aussi defendu ausdits Iuges de prononcer leurs iugements aus corps des defuncts, ny de faire proceder à l'execution des sentences en la forme practiquée par la procedure dont est l'appel,
soubs peine de nullité, despens, dommages, & interests des parties, la reparation honorable enuers les interessez.
Et a fin que l'Arrest soit notoire à chacun, concluent à ce qu'il soit publié en
l'auditoire du Siege de Dinteuille, & au
plus prochain Siege Royal, & en touts
ceuls de la Champagne, & aultres du
ressort de la Cour. Et d'abundant concluent à ce que M Helion Beauualet,
qui a faict les premieres procedures, &
Fallé Domey Iuge nommé en la sentence definitiue, & Postel Procureur fiscal
de Dinteuille, soient adiournez à com-
paroir en personne pour respondre aus
conclusions qu'ils entendent prendre
alencontre d'euls pour les cas resultants
tant d'icelles procedures que de la sentence & execution mal & nullement
faicte.

La Cour

La Cour dict qu'il a esté mal & nullement procedé, iugé, & executé, bien appellé par les appellants, condamne les inthimez és despés : Et faisant droict sur les conclusions du Procureur general du Roy, a faict & faict inhibitions & defenses au Iuge de Dinteuille, & à touts aultres Iuges de ce ressort, conformément à aultres Arrests cy deuát donnez en pareille cause en iugeant les procez criminels des accusez de sortilege, d'vser d'espreuues par eau : Leur faict aussi defenses de les receuoir àse desister de leur appel: ains enjoinct les enuoyer incontinēt & sans delay és prisons de la Cōciergerie, à pene de priuation de leurs charges: Et sera le present Arrest regiftré aus Greffes des lieus pour y auoir recours, & publié au siege Royal du Baillage de Troyes, & aultres de ce ressort: Ordonne que les Iuges & Procureur fiscal de Dinteuille comparoistront en la Cour, au mois, & iusques à ce qu'ils ayét comparu, leur faict defenses d'exercer leurs charges, à pene de fauls.

K

Omißion.

En la pag. 20. lig. 10. apres *examinatur* faut adiouſter. A quoy eſt conforme ce que le docte Iuriſconſulte de noſtre temps a remarqué de la couſtume gardée *in Saxonia Occidentali, ut in flumen demiſſum & emerſum, pro ſonte: ſubmerſum pro inſonte haberent. Quod indicat l. 1. conſtitut. Neapol. de legibus paribilibus ſublatis*, qui ſont les lois que la couſtume de Normandie nomme Lois appariſſantes: pour la confirmation deſquelles on pourroit d'abondant rapporter pluſieurs exemples de perſonnes *quæ more maleficarum in flumen demerſæ ſunt.*

www.ingramcontent.com/pod-product-compliance
Lightning Source LLC
Chambersburg PA
CBHW070814260626
47161CB00006B/2277